最愛是誰

是誰

君靈鈴、葉櫻 合著

天空數位圖書出版

剛好遇見，如此浪漫

文：葉櫻

　　趁著暑假，終於好好地靜下心來，把已經出現幾座書山的房間，以及充滿紙箱的儲藏室整理了一遍。打開每個箱子都像是在抽獎，獎品是過去的課本、獎狀，以及許多的舊書。

　　有些是曾經愛不釋手的系列小說，國、高中的時候在書架上一字排開，隨意翻閱就能耗費一整個下午；有的是跟著當時潮流買的熱門原文愛情小說，靠著不斷地說服自己當成閱讀訓練，好不容易才把不怎麼感興趣的第一集看完；有的則是因緣際會下得到的書，有的只草草看過一遍，有的甚至只隨意翻閱了幾頁，便覺索然無味，早早丟進紙箱。

　　把決定脫手的書都裝箱打包，準備隔幾天就託便利商店寄給二手書店，期待著有人能偶然發現它們，帶走它們，與我曾經戀上的、未曾戀上的書結下緣分，讓它們再次被珍惜、被呵護。

　　仔細想想，挑一本書回家，就跟邂逅一個人一樣，是多麼浪漫的事情。這麼剛好，在那一天，你帶著那樣的心情踏進了那間書店，恰好走到那個書櫃前面，眼光恰好落在那一排，而那本書便如此攫住你的心。也許是因為它的封面很有質感又漂亮，也許因為那是你曾經耳聞的作家的傑作，也許只不過是它的標題或封底簡介引起了你的興趣。因此，最終你取下那本書，愉快而期待地付了錢，一回家就割開保護膜，開始翻閱，期待它能帶給你一趟美好的旅途。

　　這不就像是愛情嗎？茫茫人海中，卻在這時，這裡，與你相遇。像兩顆原本無關的星，卻在接近的時候閃著炫目的光亮，吸引彼此靠近。

於是，因為對方身上有著某些吸引我們的特質，我們墜入情網。我們相愛，像打開一本未知的書，不知道情節究竟如何跌宕，結局究竟如何悲喜。在尚未翻到最後一頁之前，我們永遠不會知道，這次的相遇，究竟會是俗濫的羅曼史，還會是不堪回首的悲喜劇，又或是一則有著幸福結尾的童話。

然而，即使像是買到一本並不滿意的書那樣，結束了一段並不美滿的愛情，下一次，我們也仍會繼續。正如我們仍然會走進書店，去尋下一本觸動心弦的書；我們也同樣會於萬千人海之中，再次遇見另一個使我們怦然心動的人。然後，再轟轟烈烈地愛一場。

紅塵世間，總會遇到那麼一個人，讓我們讀得意猶未盡，需得用盡一生去賞析，去做他的知己。

選擇的權利

文：葉櫻

晚上，你說今天不要開伙了，就去外面買回來吃吧，簡單一點。我說好，於是便騎著機車，一同去了你喜歡的那間店。

你把菜單遞過來，問我要吃什麼，我拿不定主意，不知道你比較喜歡哪一樣呢？不希望你遷就我，所以我選了兩樣，指著菜單上的品項，反問你：「你覺得這個跟那個，你比較想吃哪一個？」你卻突然生起氣來，語氣不耐，話語像一把刀插進我的心口：「妳到底想吃什麼就說啊？每次都把責任推給別人。」我愣愣地看著你，一時間大腦有點當機，似乎不太能理解這句話的意思。什麼叫把責任推給你呢？我只是希望我們能夠一起吃彼此都喜歡吃的菜而已啊。

然而老闆娘仍然耐心地等著我們點菜呢。我的聲音被委屈哽在喉嚨裡，只能伸出手去指隨便一樣。之後我退到後面，默默地看著你露出有禮貌的微笑，跟老闆娘點菜，而我拼命地眨眼，把眼淚逼回去。

我覺得委屈，同時覺得自己大驚小怪，因此極力想壓抑這無端的憤怒跟心塞，不想顯得無理取鬧。可我的確受傷，怨你不懂我，竟以為我是懶得選擇，甚至還以為我都把麻煩跟責任推給你。

然而你竟沒有發現似地，平靜地提著外帶的晚餐走向我，載著我回家。一路上我們一句話都沒有交換，你卻還是那樣自顧自地優游自在，吃飯，看電視，對新聞標題跟節目來賓的發言下一個又一個的註腳。我則是安靜地低頭扒飯，其實根本不想吃。

洗了碗盤後，我便上樓，關在自己的房間裡，試圖舔拭自己的難過與受傷，恢復平常無憂無慮、嘮嘮叨叨的性子。可是我沒有辦法，滿腦子裡都是那句話的無限回放。

「把選擇推給別人」，多麼奇異的思考方式啊。明明是因為尊重你、愛你，不希望因為我的選擇壓迫到你的快樂，所以才給你選擇的權利，不是嗎？

我從沒有對你提出不合理的要求，比如在半夜要求你出門買消夜，比如不由分說便把包包跟購物袋都往你身上堆，也沒有要你接受我喜歡的東西，拋棄我討厭的東西。沒有！我看著你吃我最討厭的涼拌黃瓜，我記得是你喜歡吃的零食冰品，買回來儲備在冰箱裡，在你說「買了又不吃」的時候，我也未置一詞，難道那個時候，你也覺得我是在把「責任」推給你嗎？

也許，我們並不那麼適合。我想要的，是一個能給予彼此選擇的人，是一個知道能夠選擇是被愛的權利的人。

而不是在我伸出友善的橄欖枝時，以粗暴的話語反咬我一口的人。

我的滿漢全席

文：葉櫻

常聽人說，談戀愛跟吃東西很相似，同樣都能讓人幸福，也同樣都能讓人痛苦。家庭背景、個人境遇，都逐漸養成我們的食性，讓我們一再渴求相同的味道，也一再地與同樣類型的人墜入愛河。情人們像是一盤盤的佳餚，等著我們去品嘗，並為此悸動。

可惜的是，情人們似乎也跟食物擁有相同的特質，越是美味，通常也就越是不健康。有些人是高油高糖的精緻甜點，年輕的時候才消受的起，能拋開一切顧慮去吃。他們炙熱的愛意那麼濃墨重彩，將平凡的生活裹上一層厚厚的糖粉，炸成外酥內軟的甜蜜，讓人耽溺於終將逝去的歡笑與驚喜。有些人則恬淡如一盞清茶，也許從來沒有讓人上癮的厚重口味，與他在一起，生活就如同娟娟細流那般平淡無波，但那份淡淡的清甜卻也不曾間斷，終於成了每天都慣習的甘味。

我喜孜孜地把這個心得告訴你，於是你便反問我：「那如果現在有溫柔的人跟狂野的人，妳要選哪一個？」

「我不能兩個都要嗎？」

「妳不是已經下了結論了嗎？那對普通人來說不是很難？」你的聲音夾雜些許的嘆息，彷彿覺得我冥頑不靈，馬上就推翻了自己的心得。

可是呀，你知道嗎？我覺得你已經做到了。平常的你，像是一杯無糖的拿鐵咖啡，和你之間的對話，對我來說必備而日常，只要知道你陪著我，就能給我源源的活力跟思緒。終於見面的時候，久未謀面的你像是馬卡龍，甜美精緻，光是看著就開心。忙碌到無法挪出時間分給我的

你，是不應時的果物，我只能在心中描摹著那份求而不得的甘甜，並學習必要的耐心與獨立；指出我的錯誤、試圖講道理的你，那麼像是一杯苦澀的中藥，明知對身體有益，卻難以跟羞赧一起老實地吞嚥下去。

有一群人堅信，若想要抓住一個人，便要先牢牢抓住他的胃。對我來說，事實的確如此。我被你寵壞，養刁了嘴，無論怎樣的你，於我都是不可或缺的珍饈美味。於是其他人於我，便都覺得索然無味，連淺嚐都難以提起興致。

所以，請你不要輕易地離開我，不要在讓我嘗到了山珍海錯之後，又把它們全盤收走，留下只能抓著記憶中逐漸消散的味道，令變得飢餓的我，日漸消瘦。

愛情秘方

文：葉櫻

從小就對甜點有莫名的憧憬，大抵是因為父母很少允許甜食的存在，也或許只是因為喜愛那漂亮甜美的外表。記得小學時，還將當一位甜點師傅作為好幾年的志願，總是在心裡描摹著以後我的甜點店該長得怎麼樣。大概是因為從沒做過甜點，才能對做點心有這種盲目的迷戀。在我的想像裡，我總是每天坐在櫃檯後面看著客人跟我的甜品，廚房裡高熱的勞動跟無止盡的練習，並不存在於我的夢境裡。

稍大一點之後，曾經在家裡試著做一次餅乾，終於知道了沒有耐性、手拙且只能照著食譜走的自己，沒有成為甜點師傅的可能，兒時的幻想於此劃上句點，甜點店也變成了書桌與墨水。

然而，就算一輩子也不能成為專家，在長長的假日裡，偶然還是會有做點心的心情。烹飪跟書寫很像，彷彿煉金術或魔法，能將事物變換成截然不同的模樣，總讓我炫目神迷。

暑假裡，試著做了一個香蕉蛋糕。選擇的原因只是因為材料跟步驟看來都簡單，只需要把材料混合，倒進烤模就好，大抵連我都很難失敗。

然而，我卻還是失敗了。明明材料比例分毫不差，也小心翼翼地照著步驟進行，最終烤出了一個如黑炭焦黑、裡面還分上下兩層、濕濕潤潤的甜膩蛋糕。

即使不情願，也只能自己默默地消耗這個失敗品。吃著吃著，不禁就想到你了。你跟我不同，不僅會煮飯，連蛋糕、馬林糖也都信手拈來。

當我晚上帶著撒嬌的心情跟你匯報這次失敗，你大概會說，那只是我練習不夠的緣故吧。

事實上也的確如此吧。其實做蛋糕跟戀愛多麼相似，只是遠遠看著成品與要領的話，一切都那麼簡單，彷彿只需要滿滿的愛，就能克服一切阻礙。就算相處出了問題，網路上的愛情祕方一搜一大把，每個朋友也都能說出一本戀愛聖經。只是看著、聽著，便覺得每一種溝通技巧與每一種相處增溫方法，都爛熟於心，若有朝一日陷入愛河，那完美的愛情也是手到擒來。

可是呀，相守終究不是紙上談兵，沒有辦法靠著原則與研讀便一帆風順——知道自己無理取鬧，卻還是忍不住回嘴；知道自己在趁機發洩，卻還是把壓力跟怨氣都遷怒於對方；知道需要時常表露愛意，那三個字卻總是梗在喉嚨裡，發不出聲音。

正如同做蛋糕一樣，是要在不斷的嘗試與拿捏中，才終於能掌握關鍵，做出香氣四溢的完美蛋糕。我們也必須一再耐心地磨合，找到獨屬於我們的戀愛方法。

所以，和我一起做一份「愛情」吧。材料都已經備好了，你，我，和滿滿的愛。接著只需要加入耐心、默契、溝通跟同理，用陪伴把我們攪在一起，用時間低溫地烘烤，最後，就能烘焙出一份，我們私房的、綿軟香甜的愛情。

記憶清冊

文：葉櫻

親愛的燈：

想必你收到這封信的時候，早已經見怪不怪。你知道，我有這種寫作的習慣，強迫自己每天挪出一點時間，寫下今日讓人感觸的瑣碎。一方面以此記錄生活，一方面也作為練筆的機會。這你早已爛熟於心，畢竟你也不是第一次收到我的紙條，更非第一次出現在我的札記裡。事實上，你仍是我最大的謬思，記下我們共度的時光，我們不著邊際的閒談，還有你一閃而過的睿智話語，都讓我感到高興。若說你佔了隨筆中八成以上的分量，也一點都不為過。

記得有一次，你讀完我對我們聊天的看法後頗有些驚奇，說你在聊天的時候根本沒想那麼多，只是享受著當下的氣氛。

其實我也沉浸在談話本身，只是我實在善忘，若沒辦法及時將當下的感情跟細節都記下，一定很快地就會如金魚一般，將那些美好的碎片像泡泡一樣全吐出去了吧。那樣實在太可惜了，不是嗎？

然而在此同時，我又是個多麼惡劣的情人哪。那怕只是一丁點委屈，一丁點冷漠，都能輕易在我心裡生根發芽，在腦海中響徹著不間斷的回音。每次吵架時，還要從第一頁開始翻舊帳。

人的記性多麼詭譎，壞事總是不費吹灰之力就深根柢固，好事卻不費吹灰之力地輕易如煙散去。雖然善忘，卻都把傷痕都記得牢牢的，連癒合了都還死死記著，甚至當成下一次鬥爭的手段。吵得兇了，就開始細數過往，把一層層的瘡口揭開，非要自傷傷人，直到雙方都鮮血淋漓

才肯罷休。而那些驚喜、美好、窩心，卻常如曇花，只在當下綻放一瞬的愛悅，然後便在記憶中凋萎淡去。不值得的都死死記著，值得的卻都難以召喚，也許是動物的本能吧？為了規避傷害，便熟記傷害以自我保護，卻沒意識到，這卻時常成為下一次傷害的起因。

因此，我為我們寫了一本記憶清冊。把你給我的，值得眷戀的，都一筆一筆的歸檔注釋。那些細小的摩擦，跟無傷大雅的小打小鬧，則都被我扔進涓涓的時光之流，讓它們隨著日子被沖刷淡去。

這樣，當我想到你，便能翻開這本書，想起最初的我們是如何相遇，如何共度歡笑，如何成為我平凡日子裡的星。當我想起你，願那都是全然的甜蜜，是我們共同築起的一段夢境，不含一絲雜質，也不能去惹一粒微塵。

祝好

你的蠟燭

愛情事業

文：葉櫻

　　約莫上個月，在塗鴉牆上看見好幾則貼文，都在討論潘瑋柏跟中國網紅結婚的消息。雖然這件事在網路上激起一片譁然，主因卻並非兩人的知名度，或是任何關於婚禮、告白或甜蜜的戀愛事蹟，而是因為新婚的妻子被人指稱曾為「天王嫂 PUA 訓練營」的一員。爆料者更鉅細靡遺地描述該營的成員是如何營造完美的女神形象，最終又是如何擄獲有錢的男性，攜手步入婚姻殿堂。在他的說明之下，這個營隊的創辦人彷彿神仙教母，而參加的女孩們則儼然是現代的灰姑娘，心中懷著一朝翻身的美好童話。

　　根據報導指稱，她們會接受專人的全方面指點——整形只是基本，還要學會打扮自己，裝扮入時，在各種場合打卡，配上清新甜美的文字，發布在社群平台上，營造出甜美高貴、善良優雅、品味生活的形象。而獲得男性青睞之後，連對話也透過專人指導，所受的這一切嚴格訓練，最終目標便是步入婚姻。

　　為了婚姻付出如斯努力，在我看來確實有些不可思議，彷彿是把愛情跟婚姻當成某種事業在經營。那樣不會太辛苦了嗎？

　　雖然若細數起來，我自己也曾經那樣憧憬過。小學三、四年級的時候，有一次母親曾玩笑地問我跟同齡的表姊：「如果長大以後，有錢的老人要娶妳們，妳們要不要呀？」

　　明明還是懵懂無知的孩子，理應完全不知現實的嚴峻，我跟表姊卻異口同聲地說「要」。明明尚且年幼，卻已經那樣現實。或者，正因為是孩子，才能這麼輕率地決定自己的未來？

　　長大以後，我們卻都不再願意了。我們仍然憧憬愛情、試驗愛情，並想像婚姻，但我們卻不再以那樣的條件選擇另一個人，也不願意將愛情當作一份工作在經營。

　　但我也不覺得參加這種營隊是錯誤的。每個人都有每個人的夢想，對未來的規劃，而整個營隊，也就只是一場盛大的新娘修行罷了。她們是有那份自由，選擇包裝自己，將夢幻婚姻作為事業經營，而選擇她們的新郎也得到了心目中的完美妻子，可謂皆大歡喜，毫無外人指摘插嘴的餘地。

　　只是，我仍然會選擇另一條路。我期待的一場戀愛，是不需要在關係裡偽裝成另一個人，不需要壓抑自己想說的話，也不需要總是漂漂亮亮、完美無瑕。我無法為了被愛而說謊，而假裝，而幻化成另一個人。我是如此自私，若必須壓抑自己，我寧願一生平凡。

　　也許我一輩子都不能知曉錦衣玉食、豪奢浮華的上流生活，但我知道，我會有平凡的煙火況味，有平常不過的肆意歡笑。與其做一隻嬌美而壓抑、偽裝的金絲雀，我更希望能當一隻自由自在、雙宿雙飛的野雀。

愛情裡的防疫距離

文：葉櫻

近來由於肺炎的緣故，政府大力地宣傳口罩與距離的重要性，於是人們開始戴口罩，將談話的必要降至最低，保持一點五米的社交距離。街上變得安靜起來，不再熱鬧喧囂，每個人都安靜地排隊、安靜地運動、安靜地管好自己，少了許多爭執與齟齬，也意外地安詳寧靜。

下雨的日子，兩個人在家裡。你專心致志地看書，而我翻著世界情詩選，不時拿眼偷覷你。聽著外頭的雨聲瀝瀝，彷彿被水包覆隔絕，頗有些遺世獨立的趣味。

遺世獨立呀，大概是每個熱戀之人心裡都曾有過的幻想吧？在一個遠離日常喧囂的、遠遠小小的海島上，只有碧空如洗，繾綣的浪花，還有兩個人，其他的什麼都沒有，也不需要。所剩下的，只是大把大把的時間，不虞匱乏的生活，以及彼此。

那在戀愛中的人看來，大抵就等於什麼都不缺了。

那會是一段永不結束的蜜月假期吧。初陽升起後，在床上先同他耳鬢廝磨，賴床賴到高興以後，起身梳洗，早餐隨意。接著，就牽著他的手到海岸邊，踩著潔白的沙子，任潔白的海浪親吻腳尖；月亮高掛之時，就同他坐在陽台上，兩人之間沒有縫隙，任由帶著鹹味的微微的海風梳過髮絲，看皎皎的明月，聽遠遠的潮聲。

在這個彷彿被時間遺忘的島嶼上，情人忘卻了塵世一切的紛擾，不須擔心因為油鹽醬醋而產生齟齬，也不會因為共處時間稀少而心生怨懟。兩人不分晝夜地黏在一起，想必是最浪漫的理想鄉吧。

　　然而，這又不禁讓我想起大學西文課裡的聽力練習題。那是兩個拉丁少女聊著對未來的憧憬，其中一個說：「我想要跟未來的男朋友住在一個海島上，只有我們兩個人，那樣多好呀。」

　　「完全沒有其他人嗎？」

　　「完全沒有，連店家、車子、手機都不要有，只有我跟他。」

　　「天哪！那樣會多無聊呀！」她的朋友這樣說，而我深以為然。

　　雖然建構了那樣美好的想像，但我其實並不相信所謂的海島神話。反而有點悲觀地覺得，要是兩人無時無刻膩在一起，毫無他人介入的餘地，那麼等待在前方的並不是永恆的愛意，而是終將破滅的關係。畢竟零距離的愛情，缺點與異質性也將會被無限放大。當整個世界只剩下我與你，一定不會如想像中般愜意，只會被終將燃起火花的摩擦灼燒殆盡。

　　因此，讓我們保持恰到好處的戀愛距離。剛剛好的親密，剛剛好的疏離，剛剛好讓我們都保有自己的秘密，剛剛好讓我們有獨處的安靜，以及呼朋引伴的權利。

　　這樣，我們的愛情，才不會染上疫病。

我們不需要藝術家

文：葉櫻

前幾個月,有關「天王嫂訓練營」的新聞如雨後春筍般冒出,討論焦點也從名人移轉到訓練營上。眾人各持己見,有的以為女性靠著包裝形象嫁入豪門,是一種對男性的欺騙跟背叛;有的則覺得這只不過是具有野心的女性所參加的新娘修行營隊,而男人也能迎娶心目中的公主,正可謂皆大歡喜。說著說著,還有人便不高興起來,說:既然我們能對這個營隊如此寬容,那為什麼又總是對 PUA 群攻而伐之呢?

所謂的 PUA,全名是 Pick-up Artist,中文可以寫作「搭訕藝術家」。用以指涉運用心理學等技術,教導男性以更簡易上手的方式,與心儀的女性交往、戀愛的技巧。然而,隨著時間過去,這份意圖也逐漸變質,更多人傾向於使用更激烈快速的手段達到控制、引誘女性的目的。舉凡否定對方、打擊自尊、建立依附、無視拒絕,都是他們宣揚「有用」的好方法。在被如此獵捕以後,女人從共譜戀曲的伴侶,逐漸淪為一件玩物,最終只能任由對方詐取金錢或身體,甚至因此產生懼怕、憂鬱,卻無法逃離。

即使這些課程開始受到撻伐,悲傷的是,時至今日還有男人將這種論調奉為圭臬,不惜花費大量的金錢與時間,參與這些課程,以為如此便能與女性發展一段關係,甚至是得到女性。

然而,這樣所獲得的關係,究竟是怎麼樣的呢?究竟是在幻想裡玩著漂亮的娃娃,還是真的與另一個同等的人類相知相戀?

　　其實女人要的何其簡單，也許甚至和男人想像中的天差地別。男人或許常以為交到女朋友是一件困難的事，需要有錢、有交通工具、有個性、有外表、有一種氣概。但其實，女人期待的男人，不一定需要大筆的財富，也不一定需要俊美的外貌。女人心目中的 PUA，大抵是 patient、agreeable 跟 understanding 吧。多數的女孩自知平凡，因此也只渴望另一個同樣平凡的人。他是個讓人快活的人，在一起的時候總不會無聊，能讓兩人沉浸在歡笑裡；他還很耐心，不會暴躁易怒，能夠溝通，最後雙方都能達到共識；他還是個通情達理、善解人意的人，從不會誤讀拒絕的信號，不魯莽，不躁進，知道「不行」就是「不行」。

　　這樣的男人，不會處心積慮要女人為了他改變。他愛上的是真實的女人，將她作為一個人看待，因此知道必須尊重彼此的自由，需要花費力氣磨合、溝通，找到彼此都最舒適的那種關係。

　　我們不願意在一段關係中懷疑自己、失去自己、把自己低到塵埃裡。如若你期望的是那種不對等的遊戲，那很抱歉，我們無法奉陪，因為比起愛情，我們更愛尊重自己。

莊子劈棺，棺內是誰？

文：葉櫻

　　星期四下午，期中考試告一段落，終於能暫且拋開書本，自由地揮霍重回慵懶的午後。點開臉書頁面，剛好看見追蹤的劇場新發的貼文，寫著他們將《試妻大劈棺》放上 YouTube 官方頻道，請舊雨新知不要錯過重溫經典老戲的機會。然而，真正吸引我點進連結的，卻是末尾的這句話：當初首演時，有一群年長的男戲迷，特別在結束後對他們改編的結尾提出不滿。究竟是改動了什麼？這個敘述反而讓我對戲產生了期待，想必不再是個傳統守舊的故事了吧。

　　以前在讀莊子戲妻時，便不怎麼喜歡這個故事。一來，以三從四德套在莊周身上，全然可疑而不合；二來，莊周以這樣的玩笑試探妻子，未免也太薄倖無情了些。今次看這齣京戲，戲卻披著古代的皮，挺著現代的骨。整齣戲以封建的三從四德及重男輕女為主軸，穿插假人諷刺的話語，直指人世虛偽的道德以及不平等的男女地位，結局更是推陳出新，莊妻田氏不再因愧上吊，反而挺起胸膛，選了另一條「驚世駭俗」的路，將故事轉悲為喜，留下極具衝擊性的結尾。

　　身為女孩，當然覺得結局大快人心，然而笑完之後，卻也不免想著，這齣戲到底存不存在圓滿收尾的可能？

　　就算妻子真的通過了試煉，在她看見死而復活、得意告白的莊周時，難道她會單純地喜極而泣，感謝上蒼一切都只是個玩笑？或是她會因為無情無義的丈夫，而羞憤交加、悲傷哀嘆？莊周又會因為相信妻子的堅貞而改變態度嗎？難道從此他便會全心地愛她，守著通過試煉的她，將愛情當作獎賞？

　　怎麼想，卻都覺得這段感情只能走入死局。當一段愛情走到這樣的景況，被試煉的一方，想必會因不被信任而深深受傷，試煉的一方，就算能夠滿足安全感，親密與信任卻被消耗殆盡，就算還能維繫，這樣的關係，又還有什麼滋味可言呢？

　　情感關係畢竟不是兒戲，愛情更不是能夠拿來消耗的廉價品。激烈的玩笑或試煉都不適宜，再說，我們又有什麼資格給予對方這種傷人自傷的試煉？對方沒有通過，受傷的是自己；就算對方通過了，更大的試煉卻還在後頭——當計劃揭曉的那一刻，試煉與被試煉的角色於焉互換，你要付出的代價，卻是你們苦心經營的一切，就算勉強通過，往後也已刻下了不可磨滅的傷痕，一再地提醒著彼此曾經的荒唐，與曾經的決裂。

　　到了那時，後悔也來不及了。正如人死不能復生，整段感情也會如夢甦醒，如夢消逝。因此，如若真的愛上了，就像真正的莊子說的那樣做吧——不執著、不費心策畫，不一直確認「擁有」，到那時便會發現，自己卻早就已經擁有了那麼多。

已經夠好了

文：葉櫻

　　之前有一陣子，很喜歡聽〈是我不夠好〉這首歌。並不是因為失戀了需要發洩，也不是因為正在苦戀而心有戚戚。也許只是因為略顯憂鬱的女聲，顯露不甘的同時卻帶著嘲諷與灑脫的歌詞，還有 MV 裡面女主角打碎自己幻想，終於掙脫束縛的結局。

　　這首歌之所以能引起共鳴，無非是因為它描畫了一段許多人都曾經歷過「求不得」。明明自己已經付出所有，那人卻仍然無動於衷，甚至視為理所當然，利用壓榨。這大概是生離死別之外，在愛情裡所遇見最悲傷的境遇——愛情終究不是生意與才能，從來沒有投資便能獲得報酬的保證，也沒有傾盡一切便能得到一定回饋的約定俗成。也許，早已經將一切奉獻給一見傾心的人，對方卻無論如何都無法愛你，覺得你可厭可怖；也許，從來沒想要發展一段情緣，卻有個人熱烈地愛上你，哀憐地將所能找到的珍寶都送給你，你卻棄若敝屣。

　　流水長流，花瓣常落。世間許多相思閒愁，都由此生起，叫人又愛又恨，又喜又悲，怎能不讓人心頭蕩漾，留下許多叩問與愁思？

　　為了愛情而低到塵埃裡，寫成文字是多麼美麗。然而真正放到現實裡，那又是多麼淒涼的寫照？捧著一顆溫熱跳動的心，卻搗不熱對方的冷淡無情。於是，只好反求諸己，執著地找一隻羔羊來發洩自己的不豫——大約總是自己不夠好的緣故，否則他怎麼不能愛上我？大約是我還不夠愛他，否則他為什麼不願意拿走我？

其實，明明連自己都心知肚明，愛情從來無關好壞，只與情愫相干。只是，這樣怪罪自己，總奇異地讓我們好受一點，彷彿找到了原因，只需繼續努力，就能扭轉一切。

但也許，我們其實只是放不下自己。不想接受已經付出如斯巨大的代價，卻仍毫無所得的自己，也或許，我們其實是害怕被拋棄的感覺與不夠好的烙印。有時候，明明知道他沒有那麼好，也知道他不值得自己對他那麼好，如果在奉獻一切之後，還被這樣的人丟棄，更叫人難以忍受，彷彿自己全盤皆輸，證實了自己毫無被愛的價值。

然而，其實我們心裡都知道，你的價值，只有你自己能夠定義。而萬千人海裡，一定也有一個人，會為你的光輝目眩神迷。

所以，雖然痛苦，雖然不甘心，但最後我們都需要抽身，走到下一個故事裡去。因為，愛情的法則，該是一加一大於二，而不是他做一，你做他的小數點為他陪襯；不夠好的不是你，不要傻傻地將自己壓進塵土，求他擁有你。你是飛揚的花，應該自由地盛放，而不該早早凋零，化為泥土，為他人作嫁。

非水漂瓢瓢自漂

文：葉櫻

　　這學期終於有幸修了紅樓夢。從以前便喜歡《紅樓夢》這本書，只是那時代與民情離我太遠，即使看了戲劇與專書，畢竟還是有不明白的地方。今回有了老師領入門，字裡行間就讀的更深刻，夢中夢、戲中戲的架構，乃至於大大小小的暗示與細節，都如同擺在水晶盤上，舉目望去，清楚分明。

　　開始「精讀」紅樓之後，最喜愛的情節卻變了，成了老師上課提過的寶黛談禪。在九十一回，黛玉又因著寶玉提起寶釵，便有心試探，想要討一個確實的答案，故意問他：如果寶釵跟他好，跟他不好，先跟他好又跟他不好，先跟他不好又跟他好，他和她好她卻偏不跟他好，他不跟她好她卻偏跟他好，他又怎麼樣？一串連珠炮似的話，寄託著黛玉心中的百轉千迴，年年增長的不安與愁思，寶玉卻反而大笑起來，乾脆地說：「任憑弱水三千，我只取一瓢飲。」

　　黛玉偏要尋根究底，便緊追著問：「瓢之漂水奈何？」

　　寶玉便說：「水自流，瓢自漂。」

　　黛玉還問：「水止珠沉，奈何？」

　　寶玉回答：「禪心已作沾泥絮，莫向春舞鷓鴣。」

　　從前讀不懂，畢竟年紀尚小，也駑鈍地悟不得禪機。直到老師講解，才知道這短短幾句，字裡行間都是深情——寶玉說，我的愛情與妳無關，我愛妳，是我自己的事情。而若是我所追求的妳已然消失，那我的心也

將會如同沾滿泥濘的柳絮，從此月圓花好都與我無關，隨著妳死去。這種深情，怎不令人動容？同時也為倆人結局添了幾分哀婉淒美──最終黛玉確是早夭，寶玉也依言出家，斷了塵世俗緣悲喜。雖然讓人惋惜，但看見他們心心相印，至死不渝，便也感到幾許安慰。

許多人都說寶玉花心又靠不住，認定了林黛玉，卻又周旋於其他美麗動人的女孩之間，才使他們的愛情一波三折，兩日彆扭，三日冷戰。然而，也許寶玉才是最懂理想愛情的那個人──知道愛情不能強求，不能當作逼迫對方償還愛意的藉口，不強硬佔有，只是問心無愧地一心愛著，等待也許會有，也許不會有的回報。

也許，這才是最理想的愛情模樣。愛與不愛，都只與我一人相干，你愛我，很好，你不愛我，那也不要緊，我不會激烈的佔有你，征服你，非得得到你才甘心。我只是恰好在這裡遇見你，而若你願意允許我輕嘗一口愛情，那便是我最大的幸運。

愛情的算式

文：葉櫻

　　網路上，所有訊息都傳得很快。只要荒謬一些，誇張一些，或甚至偏激一些，便都能吸引人們的注意力，像是病毒一般迅速地蔓延開來，成為一場風暴或是笑談。雖然沒有特意追蹤社群網站的粉絲專頁，也很少關心男女情愛的消息，但時不時也能看見朋友分享的一、兩個連結。讀著那一個個愛情故事的時候，總是讓我驚奇，現實怎能比書中更奇幻──有主動騎機車接送女友，之後跟她要汽油錢的；有每一次出去吃飯，必要公平拆帳，連一塊錢都不願意多出的；有男友不買最新款手機當禮物，便賭氣與他分手的；也有買了名牌手機給女友，卻不願出全額，向女友討補貼的。

　　看來看去，世間情人吵架，常是在錢上兜不攏。都說談錢傷感情，這話確實不假，有了情面與關係，談錢更不是容易的事情。但是，正因為有了想要維繫的感情，才更該在大錢上談得仔細清楚，小錢或禮物若也要那樣斤斤計較，那就有些不值了。

　　拿我自己來說，若逢大小節日，或甚至只是單純久未見面，如果有時間與餘裕，便會寫一張卡片，帶一份小禮物，聊表心意。有會回禮的朋友，也有只收不送的朋友。剛開始時，的確會生出一些計較與心思來，覺得自己這樣算是虧了，好像不太值得。但轉念想想，禮物也不是他們要求的，而平常他們花費在我身上的陪伴、時間與情感，當也不能都一一化作金錢來衡量計算。所以後來，我仍維持著送禮物的習慣，不是為了回禮，只是自己想要表示珍惜。

　　與情人相處，當也如此吧。若是一心想送禮物給對方，便是出於單純的愛意或感激，想展露自己的珍惜。若是還沒送出便懷著想收到回禮的心思，那送禮也就失去了美好的意義。他若感動，願意投桃報李，對你同樣上心與珍惜，那便是錦上添花，增添幾許濃情蜜意；他若無動於衷，甚至將你的付出與費心視為理所當然，那你自然也有了個計較的準繩，要認賠殺出，或是繼續投資，都端看個人取捨。一些小事、小錢，若覺得他值得，多付出一點、多吃虧一點，也會甘之如飴，換得相互的疼愛與貼心。最怕的，是他不值得，又或是心裡常常覺得不公平，卻總隱而不發，直到最後一下子全爆發出來，活生生地讓一段感情燒為灰燼，那時才是虧大了呢。

　　雙方都願意吃些小虧，那才是真正地佔了便宜。最好的狀況，便是兩人都糊塗一些，老實一些，互相容忍，互相珍惜，不算得那麼精細。若事事都要算個分明，那該有多累，又是一筆多糊塗的帳？一個算不好，還會將這些年的情份通通賠盡，又是何必呢。

戀人們的眼鏡

文：葉櫻

　　我的近視很深。若不戴眼鏡，就像霧裡看花，甚麼都是曖昧的。早上第一件事是睜開眼睛，第二件事便是戴上眼鏡。以前，聽朋友說她幾乎不取下眼鏡的時候，我還驚訝，如今自己卻也只在盥洗、沐浴、化妝與睡覺時，才短暫地拿下鏡片，不禁無奈地笑起當時的自己。

　　有時會故意把眼鏡往上稍微抬起，只用肉眼看世界。上一秒還清楚的世界，便如同摻了水一般暈開，像是打了太重的柔焦濾鏡，什麼污點跟輪廓都看不見了，只見到朦朧的色塊，憑空生出一點溫柔來。我也愛在這種時候攬鏡自照，總覺得自己也漂亮起來——鏡子裡只模糊地見一張臉兒，不見了素日在意的坑疤，反倒是那雙柳葉眼兒，俏的發亮。

　　也許這就是近視的好處吧。必須看清楚時，便戴上眼鏡，不想看的時候，便收起眼鏡，只用肉眼去瞧。於是本該害怕的，也就不怕了；本該討厭的，也不那麼讓人厭惡了。看不真切，也就生不出什麼負面的情緒，甚至還因為那幾分朦朧，反覺可愛。

　　我們在戀愛時，不也是這樣選擇性地戴上眼鏡嗎？不太相熟的時候，不敢曝露出最真實的自己，又恰好那樣濃情蜜意，總是互相禮讓，心裡只顧著為對方著想，小心翼翼地保持距離。就算對方犯錯，那也是應該的，畢竟彼此都還摸不清對方的習慣，再說，人非聖賢，豈能無過？就像這樣，熱戀的時候，我們總是戴著眼鏡去放大情人的美好，而用昏花的眼去瞧那些錯誤，於是看甚麼都是美的，即使是錯誤，也都是無傷大雅的。

　　然而，隨著關係越來越穩固，我們卻用相反的方法瞧對方。我們時常用近視的眼注視對方的體貼與愛意，卻拿起放大鏡，將對方的缺點都清清楚楚地看在眼裡，記在心上，生出許多計較與牢騷──當初怎麼沒發現她有這一大堆缺點呢？當初怎麼會覺得他溫柔又風度翩翩呢？為什麼過了這麼久，還不知道我的喜好跟性格？為什麼說了好幾次，壞習慣還是改不了？

　　越看著對方，便越感覺痛苦，越感覺無味，甚至覺得自己當初真是「瞎了眼」，竟然看上這種人。在說出這些話的時候，我們卻經常忘了，當時的我們與現在的我們，是如何選擇性的注視對方的好與壞，也才生出這種天差地別的「觀後感」。

　　也許，我們都該專門配一付戀人們的眼鏡，將真心的體貼，看得清楚一些，無傷大雅的小錯，則看得模糊一些。戴著這樣的眼鏡去細細地看情人，便覺他雖然真的變了，但每日都還是能看見不同的可愛，仍叫人喜歡得緊。

愛情失語症

文：葉櫻

英國文學的期中論文，分數比我想像中來的低。擔心沒有掌握正確的分析方法，便在星期三下午敲了老師研究室的門，想知道究竟是哪裡出了問題，這樣的論點究竟是不是值得發展的。

出乎意料的是，老師說我的論點很站得住腳，問題是話說不清楚。「所以妳平常一定要練習說出來或寫下來，不能在腦袋裡想想，想懂了就算了。因為妳自己雖然懂了，但妳可能很難把這些複雜的哲學或價值觀，用文字或語言表達清楚，讓別人理解。」末了，老師給了我這樣的建議，我道過謝，邊走在路上，邊想著表達的困難性。

心裡想的跟最後產出的往往不同，這樣力有未逮的感受，大家應該或多或少都在日常工作或溝通中體驗過。無論打好的腹稿多麼文采斐然，生動活潑，一旦拿起筆，最後填進白紙的方塊字，總和心中勾勒出的那篇夢想之文有很大的落差，難以精準地捕捉並重現心中閃過的感覺與景象。溝通時就更容易犯這樣的錯了，因為思考時間、語言能力、說話習慣，難免說出不清不楚的句子，甚至是說錯話、用錯字。誤會、摩擦或笑話，也大抵都從這裡而來。

然而，比詞不達意更容易傷害感情的，是完全的沉默。例如我們多對陌生人客氣有禮，時常將「請、謝謝、對不起」掛在嘴邊，還深怕說不夠。面對家人或情人時，這份禮貌卻常常如鯁在喉，怎樣也發不出聲來，好似若說了出口，便是生分了，或是覺得理所當然，不必再提起。「愛你」這兩個字，在熱戀期應當也常說出口，隨著時間過去，卻不知怎地越發彆扭，直到兩方皆沉默下來，誰也不再開口。都說不開口就不

會說錯話，殊不知這種沉默卻更消耗情感，畢竟，沒有人喜歡被當成理所當然，也沒有人會討厭口頭上的愛語與稱讚。

完全相反的話就更傷人了。很多時候，明明知道自己理虧，卻因為對方咄咄逼人，反而更大聲地怒斥「你想怎樣」；明明很高興對方終於撥出時間來陪伴，卻故意冷著臉說「乾脆不要再跟我說話了」；明明很擔心對方，卻在見面時大罵「都不知道打電話嗎」、「乾脆不要回來了」。心裡明明翻著滔天的感情，卻在說出口的剎那成了利刃，插在彼此的心口上。明明不想要演變成這樣，卻總是找不到正確的話語、正確的表情，最終只得兩敗俱傷，徒增更多眼淚與怨懟。

也許，我們都該開始練習說話的日常，不要把愛藏在心裡，只用行動默默地暗示，更要練習開口，盡可能地表達出內心的思緒。無論是愛意、孤單、不滿，都誠實地說出來，溝通或交換。那樣，應該也就能少一點後悔，多一點親密，不致戀愛到最後，相顧無言，無話可說。

庸俗的關心

文：葉櫻

今年天氣古怪。夏天把腳步拖得很長，十月中旬還不願意退場，日復一日地用燠熱烤著這南邊的城，叫人找不到拿出冬衣的必要，打扮仍舊如夏，穿著短褲與短裙走在路上。

習慣了這樣弔詭的天氣，禮拜五，疏於防備的我仍穿著無袖及膝短洋裝，打著傘立在路口等綠燈亮起，卻冷不防颳起一陣北風，直直地打過小腿，激起一陣寒意。這天氣確實像是善變的情人，前一天還如煦春風，今兒便冷下臉來，叫人摸不清頭緒。

綠燈亮起，我邁開步子，想著冬天終於來了，下一個瞬間，卻突然想起了你。不知道台北今天冷不冷呢？需不需要提醒你記得帶外套出門呢？

然後，便覺得自己傻氣，忍不住藏在口罩後面笑了。台北大概已經冷了好幾天了吧，根本不需要我大驚小怪地彙報冬天來了的訊息，而且你總是比我更加細心，善於為未來做準備，搞不好根本已經隨身帶著外套，不需要我提醒。

這一連串的思緒，不免讓我想起從前讀的古詩。思念著遠方的人，好不容易有機會，託人給他捎去消息，說的卻不是如何想念，亦不是自己與家裏的近況，只是一句淡淡的「努力加餐飯」。當時，我覺得這詩實在荒唐，好不容易能有個機會互通消息，竟然不選擇掏心掏肺，而是這麼常見、瑣碎的關心？

　　當時，我們總是膩在一起，一天可以傳好多好多訊息，說很多心底的話，在文字當中築起一座雲端的城堡。那個兩人的虛擬世界，並不在現實中紮根，也因此，「吃飯了沒？」、「記得早睡」、「不要用眼過度」這種實際的關心，總很少出現，除非是在一方生病的時候。這些屬於現實生活的念叨，總讓人覺著有點顯老，有點無聊，有點囉嗦與細碎，當時的我們並不需要。

　　然而，現在我們幾近一個禮拜都沒有說過話了。打開通訊軟體，清一色地都是我單方面傳的訊息，如今不知道還能說甚麼，也失去了想要獨佔、吃醋、尋求關心的心思。不再一驚一乍地想要跟你絮叨最近想到的事，學著習慣一個人，安安靜靜地過日子，學著作一個獨立懂事的人。

　　倒是，生出了純然的關心，對你的。偶爾想起你，便開始想著你究竟有沒有好好吃飯，有沒有仍舊失眠，有沒有記得加衣服。

　　進了教室後，我終究還是發了一條訊息，讓你別著涼了。也許會有回覆，也可能沒有，但那也不那麼重要了。也許，對我而言，現在最重要的，只要你好好的。

　　也許，這也就是昔日那些分隔兩地的人，思念到最後的心情。

相視，相識

文：君靈鈴

愛情常發生在意想不到的時刻與地點，有時候只要一個眼神對上了，愛情就會翩然到訪。

可能不需要言語，可能不需要太多接觸，就僅僅是眼神交會爾後相視一笑，這短短時間的交流卻讓人有如置身棉花上的舒適。

僅一眼，他心動了，這才上前攀談，僅一眼，她心臟狂跳，看著他走向她，嬌羞地低下頭是她的矜持，有些緊張語無倫次是他的真心，從相視到相識只花了短短幾分鐘，但兩人眼神之間交流的電波卻像是好幾光年。

他問著她的名，她低聲回應，然後在他越漸炙熱的目光中感到全身發熱，從未有過的感受充斥全身上下，她有點惶恐但又克制不了那由他給予的臉紅心跳。

是他嗎？那個對的男孩。

她問著自己。

是她嗎？那個對的女孩。

他問著自己。

但此時兩人都沒有答案，太過陌生的澎拜情愫讓他們做不出判斷。

因為沒有遇過所以無法肯定，但能肯定的是她已經被印在他心裡，而他也被她刻劃在腦海裡。

多麼奇妙，多麼神奇，這是什麼樣的滋味？

說愛嗎？

但他們才剛相視一眼爾後相識而已，說愛豈不太早？

可偏偏體內有股聲音在抗議，說著「為何不牽起她的手」、「為何不抬起妳的頭」，他只要牽起她的手，就會感覺到她的悸動，她只要抬頭就會見到他柔似蜜的眼眸。

遲疑的他看著她，害羞的她依然低頭，僵持的局面在有人經過發生碰撞後扭轉，她落入他懷中，感覺到他心跳與自己一樣激烈跳動，這一刻她才確定，他與她的感受相同。

「一起去喝杯咖啡好嗎？」

她終於抬頭問他，鼓足勇氣說了這句話，見到他眼底瞬間閃出光芒讓她不自覺笑了，在他詢問時慢慢舉起手放入他掌心，任他牽著離開這個他們相視後相識的地方。

今天是美好的，因為有他牽著我。

今天是美好的，因為有她在身邊。

同時間的內心感嘆雖然是不同詞句卻是相同的感受，心跳依舊悸動不減，在咖啡香瀰漫的空間裡，他們開始了解彼此，發現契合不只一項，而是超乎想像。

這是什麼樣的緣分呢？

窗外本來不甚晴朗的天空竟在此時出現藍天白雲，令人心曠神怡就像越聊越投緣的他們般，撥開初識的薄霧後，見到了屬於彼此的世界，並發現兩個世界有條小徑可以互通，從此兩個國度的人不再陌生，令他們相視一笑，一起找到了一個詞彙形容今日的相遇，那就是……

一見鍾情。

愛上，就愛上了

文：君靈鈴

很多人認識阿浩的人都說他傻，傻傻等著一個不知道會不會回來的女孩回頭找他，其實他也知道，越來越少與他聯繫的她，會不會回來根本無法確定。

相識十年，相戀八年，他愛著她，自然也尊重她每一個決定，在愛情上他的確是個傻子任她予取予求，附和她每一句話也從來不去否決她每一個選擇，直到她說她要出國留學，去看看不同的世界，不想成為井底之蛙時，他頭一次感到猶豫。

遠距離讓他害怕，他怕自己會失去她，但也害怕自己若不同意，在她離開前兩人就會先分道揚鑣，所以他還是同意了，雖然明白自己因為家庭因素沒有辦法陪在她身邊跟她一起去，但他選擇相信她。

然後，在他們相戀邁入第五年的時候，她離開他飛往另一個國度。

第一年一切都好，他們維持著每天聯絡的習慣，他聽著她說那邊的事，她也聽著他說這邊的事，雖然有著時差問題，但他們盡力去克服，為的就是不讓這份愛因為距離而消散。

不過，事情在第二年有了改變，她的課業變得繁重，他的工作也變得更忙碌，原本不是問題的時差，在這個時刻變成了問題。

能對話的時間慢慢少了，雖然阿浩認為一切都不會變，但事實上很多事已經悄悄改變，只是被他刻意忽略而已。

不安嗎？

　　當然是的，對阿浩而言遠方的她是他很多年前就已經認定的未來伴侶，是他全心全意愛上的人，現在這種情況他怎麼會不慌呢？

　　但聯繫上時，他從不跟她說，因為他對自己說過，無論如何都會尊重且支持她的決定，然而眼見楓紅入眼，思念更上心頭，因為楓紅是她最喜歡的顏色，而他也早已將看著楓紅而微笑的容顏印在心底。

　　想念她變成阿浩了每日必行之事，想著她的人她的笑她的一切，在別人的奚落中繼續想她，偶爾會在地雷區被嚴重踐踏時回一句……

　　愛上，就愛上了。

　　是啊，他的事為什麼這麼多人要來置啄批評呢？

　　他要等她，是他答應她的，他不會食言，就算聯繫越來越少，就算這兩年她只回來過一次他也只去找她過一次，但這又如何？

　　在愛情上，他情願當傻瓜，只為她傻，雖然等待磨人，但他說服自己越過那道崁，並相信在越過這道崁之後，一定會見到山明水秀的美景。

　　「真不懂你為什麼要把自己的人生搞得只為一個人轉，這樣真的值得嗎？」

　　總會有人這樣問阿浩，但他都一笑置之，真要說為什麼，那就是因為他愛上她，所以無怨無悔。

　　問他這樣值得嗎？

他也會笑笑不回答，然後在心中告訴自己「值得」，因為隔年的楓紅時刻，他站在樹下看著又對著楓紅微笑的她，然後張開雙臂接住朝他奔來的她，這一切怎麼會不值得呢？

　　她，回來了呀！

說好不哭

文：君靈鈴

　　細雨紛飛，在這個寒冷時節她多希望有人能牽起她的手放到唇邊呵氣，然後微笑著跟她說「這樣不冷了吧」。

　　只可惜時光飛逝早已物是人非，他們之間停滯的時間就停在那年，她仰望天空發現自己也沒料到時間竟走得這麼快，他不在她身邊的時刻，竟已過了三年。

　　愛還在，但他不在了，當初答應他要好好過，她想她沒食言，食言的是她沒有忘記他，沒有乖乖聽話不在夜深人靜時想他，沒有因為他不在了就不去他們常常約會的咖啡店，也沒有因為他不在了就把他曾經存在的一切抹去。

　　目光垂下，她輕笑了下，然後揪緊外套領子繼續往前走，卻看見遠處一對情侶牽著手聊著天正朝自己這方走來，說羨慕嗎？

　　說實話，是的，因為她跟他再也不可能這樣走在一起，但她知道，他還在，在她心裡，她可以在心裡偷偷跟他牽手然後在夢中墊起腳尖跟他親吻，在午夜夢迴時說自己還很愛他，非常非常想念他，但說好不哭，她真的沒有哭。

　　只是不知道他在那裡過得好不好？

　　但她想，這麼好的一個人，除了壽命沒有受上天眷顧外，應該一切都好吧？

　　只是，真討厭啊！

可能是因為他太好所以才會被搶走吧？

她忽然扁起嘴瞪著天空，一臉不甘願但隨後又被自己的幼稚逗笑，而她記得他最喜歡的，就是她這個幼稚的模樣。

不過，都三年了，她覺得自己有長大一點，之前答應他不哭而硬忍住的淚水在這幾年的沉澱之後，都化作思念的微笑還有繼續往前走的決心，愛還在，她也沒有被打倒，她還是她，雖然覺得自己長大了但還是有點幼稚的她。

所以，可以吧？

可以允許在她還有一點點幼稚的時候走到那間咖啡店裡坐下，點上一杯與咖啡完全無關的乳飲，然後享受屬於自己的時光吧？

只是，望著空無一人的對座，她的眼眶還是有點熱，只好趕緊垂下眼瞼瞪著飲品，告訴自己不哭不哭，最黑暗的時候已經過去了，現在的她堅強的跟石頭一樣，答應他會笑著往前走，她就會一直笑著，往光明那方走去，尋找自己的一片天空。

說好不哭，她就不哭，縱使心還微微痛著她也沒有哭，因為她知道，她已經見識過愛最美的極致，跨過時空穿越一切長存在她心中。

將飲品一飲而盡，她起身付了帳，然後步出店外，忽來一個念頭讓她又抬頭往天空看，嘴唇微微顫動著，似乎有話想說卻又一時說不出來，最後卻先是笑了，然後才朝著天空開口……

「謝謝你，曾經讓我見到愛情最美的模樣。」

未來有妳

文：君靈鈴

女孩，我的未來有妳。

在見到妳的第一眼，我就已經深深被妳吸引，妳眉目之間的清麗秀氣，妳唇邊那兩個淺淺的酒窩，妳認真工作而流汗的背影，妳的一切都如此吸引著我，在這個微涼的秋，我知道我的目光已經無法從妳身上離開。

本來，膽怯的我不知道平凡如我是否能得到妳的青睞，但妳卻笑笑地說，妳最喜歡我這憨厚的模樣，因為我在妳身邊妳就感到踏實安心。

這是多麼動人的話，我感動得差點熱淚盈眶，因為我知道妳有眾多追求者卻選擇了我，還對我說什麼都沒有沒關係，但我知道你有一顆愛我的心，你的努力與我的勤奮合一，一定會讓我們的未來充滿光明。

聽完妳的話，我只能握住妳的手告訴妳，不管如何我一定會愛妳直到我們白髮蒼蒼，一定會疼妳到我生命的最後一刻，然後妳哭著笑著輕捶了我一下，被我緊緊抱住。

但現實有時是殘酷的，為了我們的未來我那般努力卻得不到回報，那早已買好的戒指，我沒有勇氣拿出來給妳，因我不確定能給妳我想給妳的未來，但妳發現後卻氣呼呼問我，你幹嘛擅自定義？

那麼，妳想要什麼樣的未來呢

我問妳，妳嘟著嘴看著我不發一語，我抓著頭想了很久，但卻不想把答案說出口，因為我心疼，不想妳跟了我之後要為生活品質擔憂。

　　但是妳卻朝我搖搖頭，說妳是了解我之後才選擇我，不是一時的衝動，然後瞪著我輕罵我想太多。

　　因為愛妳，所以想給妳一個生活品質優良的未來，這樣的我想太多了嗎？

　　是的，妳這樣對我說，在我呆愣之際妳反問我，所謂的優良生活品質是什麼定義？

　　每天錦衣玉食就叫良好的生活品質嗎？

　　我愣住，然後妳對我說，妳想要的是樸實的幸福感，是每天弄好飯菜等著準時回家的丈夫回來，是每天陪著孩子寫功課玩遊戲直到他們長大成家，是想要每天要入睡時身邊都有丈夫陪伴。

　　聽完，陷入沉思的我覺得妳的願望似乎很常見又平凡，但妳唇角一扯，告訴我雖然平凡但是要堅守承諾並不容易，然後認真看著我問我是不是做的到。

　　如果能得妳相伴一生，我怎麼可能做不到？

　　點頭如搗蒜是我的回答，然後妳對我伸手，要我交出放在抽屜裡放很久的戒指盒，嬌嗲對我說至少要單膝下跪妳才會同意，可是妳帶笑的眼眸洩漏了一切，我懂就算我沒單膝下跪，妳還是會嫁給我。

　　但我還是照做了，結婚那天我開心到無法形容像個傻子，但又何妨？

能與妳相遇相愛是我人生最動人的一頁詩篇。

瞧，我們現在白髮蒼蒼了不是嗎？

但我很清楚我沒食言，因為我看到妳臉上仍是那抹幸福，這樣我就安心了。

當年，我告訴妳，我的未來有妳，現在，我更要告訴妳，一直都是妳。

牽住手的那一剎那

文：君靈鈴

　　佳韻從來不覺得牽手是件令人心動的事，在愛情的道路上她感覺自己停滯不前，內心想要一段炙熱濃烈愛情的渴望在日積月累下逐漸攀升，她無奈想著，不知道自己哪天才能遇到讓自己真正怦然心動的良人。

　　然而，愛情通常來的突然，心動也往往在一瞬間發生，本來不怎麼相信一見鍾情就會愛上對方的她，竟然愛上了剛從分公司調來的啟杰。

　　就僅對上一眼，佳韻就感覺自己的心臟開始瘋狂跳動，她不敢置信撫著心口，還以為自己在作夢，但偏偏身旁人聲吵雜，現實感馬上提醒她這一切是真的，就一眼她就覺得自己的心臟被毫不留情狠狠撞擊。

　　雙眼再度望向啟杰那方想確認，這一看不得了她臉當場就紅了，趕忙轉開視線的同時也暗自嘲笑自己，笑自己明明不是荳蔻年華的二八少女了，怎麼還如此容易臉紅心跳。

　　但不諱言，她喜歡上這種感覺了，體內一股嬌羞感升起，一種自己回到少女時代的氛圍將她包圍，她細細品嘗著這種滋味，心想著自己好像在少女時代也沒如此這樣過，覺得甚是新鮮有趣。

　　後來，每天偷看啟杰幾眼變成了佳韻的小秘密，她像是擁有了一個屬於自己的小遊戲般，非常快樂的沉浸在自己的世界，直到有天啟杰走到她面前，她嚇了跳，以為啟杰發現了她的秘密，讓她當場不知所措。

在愛情上她從來就不是主動的人，雖然這回遇上啟杰讓她有很多次都想鼓起勇氣告白，但總是敗在自己那雙腳就是踏不出去，所以延宕至今直到啟杰主動來找她攀談。

但很可惜啟杰並不是發現了她的秘密，來找她攀談是因為他手頭上的案子需要幫手，而在這個部分能擔當最佳幫手的人，在這個部門佳韻就是不二人選，所以啟杰才會找上她。

佳韻有點失望，但又想起本來就是自己想太多，頓時有點不好意思，接過啟杰手上的企劃書後，她對啟杰笑了笑，答應了他的請求，然後合作也就此展開。

雖然佳韻對啟杰算是一見鍾情，但啟杰並沒有，不過在工作上的合作讓啟杰發現佳韻是個很不錯的女孩，兩人合作著聊著就慢慢拉近了距離，最後當企劃完成那一天，啟杰叫住了要下班的佳韻。

「這次的企劃案很成功，謝謝妳的幫忙，不過我還有一件事想要妳幫忙。」

「什麼事？」

「我覺得我的愛情需要妳幫忙。」

「什麼？！你……喜歡上誰需要我去幫忙開口嗎？」

「我像是那麼沒膽識的男人嗎？」

「那……？」

「妳，我喜歡的是妳。」

啟杰說完，佳韻當場傻了，呆呆看著啟杰拉起她的手，一股難以言喻的滋味瞬間溢滿她心頭。

原來牽手也可以讓人如此心動難以自持讓她甜甜的笑了，在行進間靠近啟杰在他耳邊說……

我也喜歡你。

葉落的那一天

文：君靈鈴

雲朗天清，在這個風和日麗的日子，盼盼的手被晉凡牽著，這是他們的第一次約會，就在這個百花盛開春神到訪的時節。

她有時緊張，感覺自己手心正在發汗，但當她想悄悄抽回手時卻發現晉凡將她手握得更緊，她訝異的轉頭抬首，發現晉凡正看著她笑，她的臉立刻紅了，心兒也跟著蹦蹦跳。

就這樣他們牽手走過了春天，在夏天到訪時她安排了驚喜，跟在炎熱夏季出生的晉凡飛往了陌生的國度慶祝，捧著蛋糕對他說「我愛你」，然後在他的親吻中沉醉不已。

很快地秋天來了，在這個季節出生的她在生日那天感受到前所未來的快樂，晉凡給了她一個難忘的生日，就如她給的驚喜般，他也費盡心思要給她自己所能做到的所有。

然後，他們在互相取暖互相擁抱的相愛中度過了冬天，心中皆是想著，屬於他們兩個人一周年，他們一定要讓彼此留下永生難忘的回憶。

一周年那天，完全沒套好卻說出同樣一句話的兩人當場相視而笑，她被拉入他懷裡，然後就聽到他輕罵了一句「求婚該留給我」，讓她感覺自己幸福的像吃了一百顆糖般甜蜜。

他們兩人之間的第二個夏天，是在籌備婚事中度過的，盼盼每天都很快樂，每天都在倒數自己出嫁的天數，但她沒有想到的是在夏季即將步入尾聲的時刻，她的美夢竟然在一夕之間破碎了。

原本說好要在秋季她生日那天一起攜手共度一生，但一個檢查就毀了他們的未來，或者是說……

他們沒有未來了。

晉凡的病來的又凶又猛，惡化的速度之快甚至讓盼盼感覺自己好像被掏空了般，每天都是煎熬，每日都是對她心臟負荷度的一種挑戰，但她的心痛與不捨沒有放慢晉凡離開她的腳步，眼見他狀態越來越糟，她的心也跟著往下沉。

再十天就是她的生日，也是他們原本約定要許下誓約日子，但她已經不敢去想這件事了，此刻的她在病房裡握住晉凡的手，喚著他的名，看著他益發渙散的意識，她感到害怕卻不知該如何是好，一個抬頭想祈求上蒼卻發現窗外那棵樹有片葉子落下了，然後晉凡的手也在此刻滑落她手中，慢慢闔上了雙眼。

盼盼當場放聲大哭，撲在已經逝去的愛人身上，卻是明白自己已經喚不回他，最後在他家人的扶持下，盼盼好不容易才收拾起淚水，帶著千瘡百孔的心送晉凡最後一程。

她很怨，願上天不給她跟晉凡有機會白頭偕老，但在晉凡的遺物中發現的一封信，卻讓她明白了一件事。

他說，從認識她的那一天開始終至死亡那一日，他沒有停止過愛她。

看到這段話，盼盼含著淚笑了。

終於問出口的愛

文：君靈鈴

　　夜深了，俊峰卻沒有睡意，在萬籟俱寂的此刻他看著枕邊人熟睡的樣子，思緒忍不住飛回了從前，那段年少輕狂的時光現在想來竟如此讓人懷念。

　　俊峰忍不住輕笑了聲，想著自己當年追求時輕狂自大又不顧一切的模樣，現在看來是如此幼稚可笑，但幸好那般不懂章法的幼稚行為沒有引來她的厭惡，最終她還是在他身邊安睡著，且唇邊帶著笑意。

　　她是覺得幸福的嗎？

　　很多次俊峰都曾在心中自問卻不敢問出口，就怕聽到的是她輕笑說「嫁都嫁了還能後悔嗎」這樣的話，但其實他真的很想知道，嫁給他之後她是否曾後悔過？

　　當年的他只是一介剛出社會的毛頭小子，而她卻是花容月貌氣質出眾，在他心目中是個像天使般的存在，喜歡是早就喜歡上了，但那時他也知道自己或許是配不上她的，畢竟她追求者眾多而他卻是不甚起眼的那一位。

　　但一天過一天，想與她廝守一生的念頭越來越強烈，強烈至夜夜失眠，最後敗在自己的愛戀上，他決定追求她。

　　可該怎麼做呢？

　　他當時根本沒有正確答案，所以用了他現在自己看來都覺煩人的辦法，但或許是沒有人對她用那樣的法子追求過吧，也或許是他的耐心與

毅力感動了她，最終她點頭同意了，就在那年冬天她笑著將手放入他掌心。

這一刻只有他自己知道他心裡有多開心，有多想告訴全世界他終於如願以償，握著她的手他渾身冒汗，一股顫慄感傳遍全身，是種難以言喻的感受，他至今仍無法確切形容。

然而這麼多年過去了，他依然深愛她，只是從沒有勇氣問她是否如他一樣愛他，雖然她一直在他身邊沒有離開，在他疲累時總是溫柔安慰，在他生氣時總是貼心安撫，烹煮著他喜歡的菜式，為他生了兩個白胖的孩子。

還是別問了吧，人不都說有些事說破了反而尷尬，只要她在他身邊就好。

想了想，也不糾結了，俊峰隨之躺下，但才翻了個側身就見到她一雙大眼正盯著他瞧。

「怎麼醒了？」他問著她。

「在想什麼？」她問著他。

俊峰微微一笑，手臂一攬將她拉入懷中，內心的疑問終究是沒能問出口。

這麼多年了他還是鼓不起勇氣，他這個已然成為人生勝利組的男人唯一懼怕的就是聽到她不愛他，會跟他在一起只是因為被他當年的堅持與毅力所感動。

　　「老公，這麼多年了，你還是沒膽問我啊？」

　　忽然，在他懷中的她如此說道，他心一驚，全身頓時僵硬。

　　為什麼她會知道他心中有疑問？

　　「因為我是你最愛的老婆啊！」

　　她理所當然卻帶點調皮的語氣讓他心中燃起了一股希望及勇氣，語氣帶點顫抖的開口了，然後就聽到她輕笑了下，把臉埋在他胸口，說了五個字。

　　當然愛你呀！

那年被嘲笑的選擇

文：君靈鈴

最愛是誰

午後的咖啡廳裡有股靜謐的味道，窗外行人來來去去，窗內卻是僅有兩三桌有客人在交談，而這寧靜恰好給了燕蓉跟老同學一個絕佳機會可以好好敘舊。

兩人天南地北聊著，彷彿回到了學生時代，後來老同學的一句話讓燕蓉不自覺失笑，想著當年她的選擇讓眾人跌落眼鏡甚至私下嘲諷，但現在聽老同學這麼一說，她就知道當年自己的選擇沒錯。

燕蓉當年在學校是校花等級的人物，這一點不難從她現在身上那股出眾的氣質以及依然美麗的容貌上發現，即便她已經快四十歲了還是如當年般吸人眼球。

不過這顯然不是重點，重點是燕蓉結婚快二十年了，而且這些年丈夫待她始終如一，沒有一點改變，依然待她如當年，愛她的心也像年少時那般濃烈，就算兩人已經結婚多年且育有三子也沒有改變，燕蓉是很幸福且令人羨慕的。

不過，燕蓉並沒有顯擺的打算，只是淡笑回老同學一句「還好我當初選擇的是他」，而就是這句話讓她的老同學楞住也回想起當年在校時燕蓉身邊有眾多追求者的那段時光。

燕蓉因為美所以追求者很多，每天都有收不完的情書，不管哪種類型的男人燕蓉都曾接收過對方的愛慕之情，自然也包括比較不起眼的那種類型，但是最後燕蓉選擇的卻是當初那一大票追求者中最不起眼的那一個，當年著實嚇傻眾人，所以當年燕蓉決定跟現在的丈夫結婚後，什

麼話都聽過，質疑、不解、暗諷、挖苦都有，就是沒人覺得她選得好，然而這麼多年過去，事實證明燕蓉的確選得很好，她過得很幸福，這可以從她臉上散發的光芒中得到解答。

「那到底為什麼當初妳會選他？」

這句話相信是燕蓉所有老同學的疑問。

但其實原因很簡單，因為燕蓉她媽媽對她說過，挑老公帥不帥不重要，只要能全心全意疼愛她就好，不會說甜言蜜語也不重要，憨厚踏實勤奮努力最好，最重要的是，這個人是不是重視妳，願意把妳一輩子放在心上，在妳累的時候給妳安慰，在妳快樂的時候陪妳一起開心，在妳需要保護的時候及時出現，這樣的男人才值得託付終生。

這就是燕蓉的愛情走到今日還能保有當年模樣的原因，她的選擇沒有錯，她的愛情沒有變，他依然愛她，她也不後悔她的選擇，彼此都是對方最重要的存在，無可取代。

靠岸

文：君靈鈴

碰的一聲，是碧儀把自己重重摔在沙發上的聲音，剛下班的她完全沒了力氣，但偏偏這時又響起電話聲，而來電者是她男友。

「妳在哪？」

「我剛下班，怎麼了？」

「妳不過來嗎？」

「我今天很累，不然你過來好嗎？」

「喂！這世界上只有妳上班最累是不是？我也很累，妳不過來就算了，無所謂。」

就這樣，電話的那頭沒有任何留戀就把電話掛上，而碧儀也在此時深深嘆了口氣。

一直都是這樣的，她這個男友對她沒有珍惜沒有尊重，永遠都是她得去配合他，而在工作上已經很繁忙有點應接不暇的她，在此時覺得自己更累了。

該分手嗎？她看著天花板問著自己。

她也知道，其實現在佔據著她男友稱號的這個男人不 OK，是該快刀斬亂麻結束這段其實從開始就不甚愉快的戀情，可問題是……

「我只是想找個可以在我累的時候可以讓我依靠的人，為什麼總是遇到這樣的男人？」

覺得心很涼的碧儀掙扎起了身，走進浴室想洗去一身疲憊但卻洗不去心底那股無奈與涼意，她覺得自己就像漂泊在汪洋上的一艘孤船，找不到岸可以停靠，而這種無止盡的漂流感讓她覺得無比煩悶，卻沒有出口可以宣洩，到最後她只能怪自己運氣不好，遇不到真正想要的男人。

不過，她萬萬沒想到，幾天後她會和永宗相遇，而她敢發誓，與永宗這個相遇，是她這輩子最美好的事。

永宗外表不算出色，但給人一種很沉穩的感覺，奮發向上且負責任的工作態度讓碧儀很欣賞，但更重要的是跟永宗交往以後，碧儀感覺到的是前所未有的安心感與踏實感，這是她從來沒有過的感受。

就像迷航的船終於遇到了港岸，她發現自己雖然工作一樣忙，但心情卻是一天比一天更好，而她很清楚這一切都是因為永宗的體貼與呵護，讓她終於感覺到什麼叫被珍視的感覺。

永宗會在她加班回到家後聽到她說沒吃晚餐而買食物奔來找她，會在她受到委屈抱怨時抱著她靜靜聆聽，會在她需要安慰時以最快速度來到她面前，會在她生日時給她一個永生難忘的回憶。

她想，就是他了，就算別人都說永宗外在條件比不上她以前交往過的男人，但尊重自己的感受最重要，她認定是他，那就是他了。

因為只有永宗讓她有靠岸的感覺，外表如何對她來說早已不重要了，就如很多人說的，選舉要選賢能的人，而她認為選夫就要選像永宗這樣的人，誠實可靠溫柔體貼，這樣的人才適合與之牽手走一輩子，而永宗就是她的永恆。

傻子

文：君靈鈴

有多少人在塵世中像個傻子，不斷的相遇又不斷的離別，在愛情的海洋中載浮載沉，只想尋到一個可停泊的港口卻在驀然回首發現真愛其實早就在身邊而不自知，雨華就是這樣的人。

她一直在尋找對的人，但總是遇上錯的人，遇到的男人越多她就對愛情越失望，沒有人可以真正觸及到她的內心，沒有人可以給她真正的安全感，她總是在想，難道想遇上一個「對的人」真的這麼難嗎？

看的前方的陰雨綿綿她從不曾回首，像個傻子固執的只往前看，但她不知道其實只要她一個回首，就可以見到一片藍天及一抹溫柔的微笑。

尋尋覓覓成為她在愛情中的模樣，相遇分離是她一直在經歷的過程，說真的，她好累，但仍不想放棄。

結果，她只是在尋覓卻被當成了遊戲人間，一次本可稱為愉快的相遇卻在她想要結束時變成一個噩夢，看著面前那已然變了個樣的男人，她害怕的退了一步，但卻發現自己被困在一個無路可逃的空間裡無法脫身。

眼看危險步步進逼她卻無計可施，一滴無奈的淚滑落，卻拯救不了她的處境，她萬念俱灰內心無限感慨。

但就在這時一隻手搭上了她的腰，她訝異轉頭卻發現是相識多年的他，而他朝她一笑，眼底寫著要她安心。

這一瞬間，她傻住了，但被安全感包圍的她顧不了那麼多，雙手緊緊抓著身旁他的臂膀，就像漂流的人終於抓到浮木可以依靠，她頓時沒那麼慌亂及害怕了。

隨著警笛的響起，她更安心了，但身旁的他忽然輕聲罵她是傻子，一向溫柔的眼神卻意外閃動的不贊同的光芒，讓她不禁頹然低下頭，乖乖承認自己是個傻子。

她是傻，傻在急迫尋覓卻不懂自己真正要的是什麼，傻在明明身邊一直有個溫暖存在，她卻一直視而不見，就像個無感的生物感覺不到，只認為往前走一定會有更好的春天，卻不知道原來最美好的春天早就已經降臨在自己身邊。

倏地伸手抱住他，她在他懷裡抬頭問著「就是你嗎？」

他笑了，低頭望著她，很愜意回了句「不然會是誰呢？」

她跟著笑了，笑自己這麼晚發現，笑自己是個傻子，笑自己發現後居然有股通體舒暢的感覺。

尋尋覓覓了這麼久，但對的人早就已經在身邊候著，不催促她不提醒她，只是默默守護，等待她這個傻子發現，然後收穫她的擁抱。

但或許他們倆個都是傻子吧？

一個急著往前方找，一個默默在後方等候，但幸好最後一個終於停下腳步，一個終於向前跨了一步，在真正交集的這一刻，他們決定跨越友誼這條線，宣告愛情正式到來。

不辛苦，
因為我懂你真的愛我

文：君靈鈴

因為常去購買，跟一家小吃攤的老闆娘漸漸熟識了起來，她那實在不太適合小吃攤形象的外貌讓人不想記得都難，因為她看上去就像個名媛，雖然穿著樸實但掩蓋不住出眾的氣質。

而相反的，小吃攤的老闆就一點也不起眼，平凡的外表憨厚的神態，小吃攤的常客都叫他「憨仔」老闆，也因為如此，聽老闆娘說時常有人會說她老公福氣好娶到她，而當然語氣自然不是那麼一回事，而是帶著股嘲諷的意味。

但這還不打緊，老闆娘說她還遇過有個大嬸直接拉到她旁邊，以近似母親的姿態對她叮嚀，說她條件這麼好怎麼嫁給這種人過得這麼辛苦，明明可以享福的人，何必這樣糟蹋自己，而這個人目前已被小吃攤列為「拒絕往來戶」，因為老闆娘不開心。

「是說，嘴巴長在人身上，要說什麼我們也沒辦法制止，只是我自己的事情我自己知道，他好不好，自然是我最清楚，說真的如果他不好，我何必跟著他一起吃苦？就像那位被我列為「拒絕往來戶」的大嬸說的一樣，我的確條件還可以，當年還沒結婚前行情是不錯，但問題是我找個金玉其外敗絮其內的男人來當老公幹嘛？嫁給有錢人不一定好，這句話妳應該聽過吧？」

說完，老闆娘看著我，我點了點頭。

的確，很多人都說豪門的飯碗不好端，一不小心就可能整碗打翻，但說實話，雖說豪門飯碗難端，但老闆娘現在也是過著辛苦的日子，兩相比較之下，到底哪方好我也說不準。

「我跟妳說，雖然我跟著他很辛苦，但是他很疼我，事事以我為重，他可以為了我在傾盆大雨的時候飛奔出去，只為了我說我忘記帶傘，會在我生病時完全與外界隔絕，只想著要照顧我到痊癒，雖然外表真的不怎麼樣，但他對待我的態度，讓我願意跟他走一輩子，陪他打拼，陪他吃苦。」

老闆娘說完，因為有客人，所以就起身去忙了，我看著她跟老闆倆人忙碌的背影，還有不時眼神交接後雙雙綻放的微笑，我知道這叫「真愛」，這叫「發自內心感覺到的幸福」。

或許這時候的他們為了維持生計真的很辛苦，或許在外人眼裡他們倆個永遠都不配，但在他們的世界沒有配不配這種事，因為他愛她，而她也懂他真的愛她，所以她願意陪著他，不管多辛苦都無妨，而這其實也就是簡單十二個字……

真心人難尋，遇上了便該珍惜。

停留不停留

文：君靈鈴

柔柔一直以為，自己這輩子就跟定阿槐了。

陷入一個死心眼循環的她，因為深愛著阿槐，所以不管誰說什麼她都從來不放在心上，即便聽到阿槐其實是個風流的人也一樣。

因為在她眼中阿槐就是個溫柔體貼對她相當好的人，雖然常常因為手頭緊或是其他需求跟她調度金錢，她也覺得沒有關係，而這樣的她當然就看不見其他對她也有好感的人，而且其中其實也有條件不錯甚至比阿槐好上很多的人存在。

可以選擇的局面，她自己卻選擇走入死胡同，明明可以不用停留在渣男身邊，但她卻選擇視而不見他的缺點，而拼命放大他的優點，像這樣的情況到最後被傷透心也是自然。

終於，柔柔親眼看見了背叛，她原本不知道愛情中的背叛有多傷人，又或者說她根本不想去思考自己會有面對這件事的一天，然而現實是殘酷的，所謂當愛越深而遭到背叛時，受到的傷痛也越重，柔柔卻還試著說服自己，或許如果自己克服了，那麼阿槐就可以繼續停留在她身邊。

但在人生中，尤其是在愛情上，身邊的人是否適合停留在自己身邊，其實早有定數，有時候人們自己也已經心裡有數，只是不願意承認，就像阿槐其實不適合柔柔，但死心眼的柔柔卻不願意放手，硬是要阿槐繼續停留在她的生命裡。

　　背叛的事件過後，兩人又糾糾纏纏了近一年，最後柔柔終於清醒了，在某一天正式送走了在她身邊停留超過三年的阿槐，而也是這時候她才發現原來選擇權在自己而不是他人，不適合的人早該送走，而不是讓他繼續在自己的生命中恣意起舞。

　　很快的又過了兩年，被愛情重擊的柔柔一度不願意再碰愛情，不願意任何人再藉愛情之名停留在她身邊，她既然明白了自己有自主權，那麼不讓任何人停留就是她的權力，而當然如果要再讓人停留也是她的自由。

　　最後，她遇上了另一個人，一個懂得呵護她疼愛她的人，不再因為她任何小缺點而破口大罵，也不會找很多理由讓她付出金錢的人，她也終於明白愛情真正的滋味是什麼味道，所以在他求婚那一刻柔柔遞上自己的手，說自己願意跟他過一輩子。

　　這是柔柔的故事，而其實也就是很簡單的一句話「該走的不要留」，死心眼不會把自己送上幸福的路途，只會讓自己更痛苦而已。

謊言

文：君靈鈴

　　愛情裡不該有「謊言」，一旦謊言出現，那麼愛情的本質就會開始改變。

　　再相愛的倆個人，只要謊言開始蔓延，一連串的猜忌、妒忌、不安等等情緒就會氾濫開來，就像海嘯般無情吞蝕兩人之間的情感，將之消磨殆盡，終至完全消失不見而分道揚鑣，甚至老死不相往來。

　　在愛情中除了相愛之外，其實額外的課題也很多，尤其是當兩個人有共識要攜手共度未來時，要考慮的層面也更多更廣，除了兩人之間的感情度夠不夠深之外，還有很多需要思考的地方，有時候並不是僅有愛著對方就可以跟對方走到最後，阻礙很可能會在意想不到的地方出現，也可能是完全沒有預料到的事件導致最後結局不完美。

　　而謊言是愛情裡最不需要的物件，畢竟要共度一生的倆人如果無法對彼此誠實，那麼爭吵必定會在某一刻到訪，不管婚前婚後，一再的爭吵只會對雙方造成傷害，甚至導致雙方變成兩條永不交集的平行線。

　　互相包容誠實以對才是經營愛情的真諦，或許有些人會認為有時撒些無傷大雅無關緊要的小謊並不要緊，但是倘若此情況一再重複，所謂的小謊，所謂的無關緊要，到最後也會演變成無法收拾的場面。

　　所謂真心的交流在愛情中格外重要，不容易被誤解的事件要說清楚，很容易被誤解的事更要交代個明白，如果倆人之間真有共識要共組家庭，那麼雙方都應該在這個基礎上對「誠實」兩個字簽名蓋章。

　　請別覺得累，也請別怕麻煩，尤其是在搭愛情地基的時候，謊言絕對是最不必要的一塊磚，只要地基蓋的牢，那麼往後的風風雨雨就無法撼動這棟屋子分毫。

　　對於另一半的疑問抱以「閃避」、「敷衍」、「沉默」甚至是「惱羞成怒」，都對愛情的成長沒有一點幫助，不安全感常常也是導致愛情失敗的原因之一。

　　謊言會造成對方產生不安全感，這幾乎算是一趟直達車，而在不安全感作祟下，倆人之間的感情就會漸漸出現裂痕，裂痕一出現是否有辦法修復就成為一個未知數。

　　或許可以，或許不行，而且修復之路有時漫長看不到終點，但如果把謊言從愛情中移除，這樣的過程或許就可以不用經歷。

　　當然愛情不可能百分之百完美，畢竟是倆個原本毫不相干甚至可能連個性都完全不相同的人要結合在一起，要如何磨合也是一個課題，但愛情之間如果一開始就用謊言構築，那麼說不準最後愛情的結局也會像謊言一樣突然就嘎然而止，走不到終點。

只求遺忘

文：君靈鈴

他愛她的一切，也包括她慣有的那抹冷漠眼神，因為他曾經認為這抹冷漠僅只針對他，而對於非常迷戀她的他來說，這樣的冷漠等同於熱情。

能與她交往，大概是他這輩子最快樂的事，他總是看著她幻想著很多場景，想像他們一起步入禮堂，想像他們擁有幾個孩子，想像他們會白頭到老甚至相約下輩子。

但他不知道，她其實並不愛他，愛在她眼中心裡份量輕如棉絮，不管他有多愛她，她從來沒想過要像他愛她一樣愛他，只因為她認為愛既不能填飽肚子也不能成就什麼大事，談情說愛只是種浪費時間而已，會與他在一起也不就是因為家裡逼得緊，拿他當擋箭牌而已，誰叫他自己送上門來了呢？

她這樣的心態，他不是不知道，只是想著只要自己繼續愛她，那麼終有一天她會真的被自己感動，真心接納他並愛上他，只是等著等著幾年過去，她沒有一絲想改變的念頭，而他卻漸漸感到疲憊倦怠了。

原來在一起時的等待比沒有在一起時的等待更磨人，那種彷彿已經觸及卻又好似永遠摸不著的感覺令人發狂，他開始覺得自己像個傻子，但還是無法阻止自己愛她，直到那一天……

「我在妳心中算是什麼？」

　　他平心靜氣的看著她，心中其實已經沒有太多期待，但還是在她一句「什麼也不是」中，整個人彷彿被掏空般沒有了力氣。

　　忽然他覺得，在她心中自己還真的是連路人都不如，一個痛苦閉眼之後他轉身離去，卻在離開屋子前聽到她淡淡說了句「你愛我，我就得愛你嗎？」

　　然後他笑了，決絕扭開門把開門就走，什麼也沒帶走，但對她的感情他知道自己帶不走，至少……

　　此時此刻不可能，至於要多久才能放過自己，他也沒有答案。

　　但他沒想到，僅僅只過了一年，那個常年冷淡如冰的女子居然即將嫁做人婦，聽著好友轉述的消息，他震驚的無法自己。

　　明明知道自己不應該前去，但他還是去了，在婚宴一角他看著那自己連此刻都還放在心尖上的女子，看著她對著成為她丈夫的男子嫣然一笑，那嬌羞的模樣是他從未見過的畫面。

　　霎時他懂了，她的冷漠是僅針對他沒錯，但不是他認為的冷漠等於熱情，她的冷漠在他身上就是冷漠，沒有其他的解釋，這一瞬間他已沒有勇氣再看下去，走到外頭面對刺眼的陽光，他內心卻無比寒冷，心中只有一個念頭，那就是……

　　請讓他遺忘，遺忘那位他現今仍深愛的女子。

「愛」這個字

文：君靈鈴

　　簡單一個字，實質卻很深奧，有些人因為愛而歡欣喜悅，也有些人因為愛而悲傷哭泣，僅這一個字，牽動多少世間男女的情緒，雖說不是非要談愛，但一旦陷入，有時候傷感或是開心，總是失去了自主權不由自己。

　　有人說愛其實很簡單，但也有人說愛其實很複雜，端看自己怎麼定義，但其實只要扯到愛這個字，有時候想簡簡單單愛著也不並容易，但要說它很複雜又似乎會引人深思，畢竟陷入愛情就是在享受愛情給予人的感受，這種感受五花八門什麼樣的感覺都有，說它簡單也不然，說它複雜似乎也太過，愛是一個特別的存在，而人們常常在追尋這種特別。

　　不管是會因此快樂或是悲傷哭泣，這個字總是讓人不由自主跟在後頭不斷追逐，不管最後結果如何，都會跟自己說一句「至少愛過」。

　　愛這個字，可以很美也可以很殘酷，好結局就是美的讓人驚豔的場景，而壞結局就是讓人心碎不想再回憶的過去，但不管是好是壞，愛這個字本質沒有對錯，對錯來自於追尋它的人們如何用自己的方法來詮釋它。

　　詮釋的方法不同，得到的結果也不同，相同都是愛，但在它前頭冠上不同的字句時，它瞬間就變成了不同的語意。

　　錯的愛、對的愛、開心的愛、痛苦的愛、離別的愛、相守的愛，總之人們為愛經歷過許許多多的情緒，也深刻感受到愛帶來的眾多感受，這個字可以冠上的豐富性不言而喻。

　　就像燕燕愛上渣男是錯愛，阿芬與阿昌幸福共度一生是對的愛，小甜跟阿哲是初戀正開心的愛，柳柳愛上不愛她的人是痛苦的愛，美美的愛人離世是痛苦的愛，街角那間屋子內一對老爺爺與老奶奶廝守相近一輩子是相守的愛，愛就是有這麼多面貌，而且這塊自由的畫布是由人們揮灑上不同的顏色而展現出不同的風貌。

　　但不管如何，在遇上愛那一刻，還是很令人心動且期待的，那種心臟顫動的滋味，只有嚐過的人才懂，也不是非要在這個字上找到一個真理，才算真正愛過。

　　愛可以很簡單也可以很複雜，有時候更是沒有道理，但請不要去懼怕它的到來，因為懂得如何愛才能讓人生增添更多色彩，不管最後是成功或是失敗，都是一種經歷一種成長，一種愛的滋味。

國家圖書館出版品預行編目資料

最愛是誰／君靈鈴、葉櫻　合著. ―初版.―
臺中市：天空數位圖書　2021.03
　　面：公分
　　ISBN：978-986-5575-27-4（平裝）

863.55　　　　　　　　　　　110004311

發　行　人：蔡秀美
出　版　者：天空數位圖書有限公司
作　　　者：君靈鈴、葉櫻
編　　　審：龍璈科技有限公司、瑪加烈
製 作 公 司：小馬工作室有限公司
照 片 提 供：傑拉德
攝　　　影：野人
模　特　兒：紅豆
封 面 設 計：Jackie
版 面 編 輯：採編組
出 版 日 期：2021 年 03 月（初版）
銀 行 名 稱：合作金庫銀行南台中分行
銀 行 帳 戶：天空數位圖書有限公司
銀 行 帳 號：006-1070717811498
郵 政 帳 戶：天空數位圖書有限公司
劃 撥 帳 號：22670142
定　　　價：新台幣 260 元整
電子書發明專利第 I 306564 號

※　如有缺頁、破損等請寄回更換

Family Sky

紙本書編輯印刷：
電子書編輯製作：
天空數位圖書公司 E-mail：familysky@familysky.com.tw　http://www.familysky.com.tw/
地址：40255台中市南區忠明南路787號30F國王大樓　Tel：04-22623893　Fax：04-22623863